COLLECTIONS
DE FEU

M. JEAN DOLLFUS

OBJETS D'ART

Chinois et Japonais

CONDITIONS DE LA VENTE

Elle sera faite au comptant.

Les acquéreurs paieront *dix pour cent* en sus des enchères.

L'Exposition mettant le public à même de se rendre compte de l'état et de la nature des objets, aucune réclamation ne sera admise une fois l'adjudication prononcée.

Paris. — Imprimerie Georges Petit, 12, rue Godot-de-Mauroi. — 22177-12.

CATALOGUE

DES

OBJETS D'ART

Chinois et Japonais

PORCELAINES & GRÈS
Émaux cloisonnés

BRONZES ET OBJETS VARIÉS

DE LA CHINE

Boîtes-Écritoires, Inros et Boîtes à parfums
EN LAQUE DU JAPON

Netsukés, Bois sculptés, Bronzes et Céramiques du Japon

GARDES DE SABRE — BRONZES DU THIBET

OBJETS D'ART ORIENTAUX

Dépendant des

Collections de M. JEAN DOLLFUS

ET DONT LA VENTE PAR SUITE DE SON DÉCÈS AURA LIEU A PARIS

HOTEL DROUOT, SALLE Nº 7

Les Mardi 14, Mercredi 15, Vendredi 17 et Samedi 18 Mai 1912

à 2 heures

COMMISSAIRES-PRISEURS

M· F. LAIR-DUBREUIL	M HENRI BAUDOIN
6, rue Favart, 6	Successeur de M· PAUL CHEVALLIER
PARIS	10, rue Grange-Batelière, 10

EXPERTS

MM. MANNHEIM	M. A. PORTIER
7, rue Saint-Georges, 7	24, rue Chauchat, 24

EXPOSITION PUBLIQUE

Le Lundi 13 Mai 1912, de 1 heure 1 2 à 6 heures

412

ORDRE DES VACATIONS

COLLECTIONS D'EXTRÊME-ORIENT

DE

M. JEAN DOLLFUS

'ART de l'Extrême-Orient est assez varié pour que les amateurs puissent l'aimer de diverses façons. On ne le goûtait pas au xviie et au xviiie siècle comme on fit au xixe et de nos jours. Même quelle différence entre une collection comme celle des Goncourt et le choix où s'applique un de nos japonisants de stricte observance ! Toutes ces formes d'intérêt se justifient, toutes ont découvert aux curieux certains aspects nouveaux de l'art de la Chine et du Japon et nous aurions mauvaise grâce à croire que nous seuls aujourd'hui détenons la vérité. La collection de M. Jean Dollfus, réunie il y a quelques années, ne représente peut-être pas le type des collections à la mode, mais elle ne saurait manquer d'attirer l'attention : elle nous montre de l'Extrême-Orient le caractère somptueux et la richesse décorative, et, en ce moment où les qualités de discrétion et de délicatesse raffinée semblent plaire un peu trop exclusivement, son exposition provoquera d'heureuses surprises et l'on en pourra tirer d'utiles leçons.

Quand M. Dollfus commença à collectionner — il y a cinquante ans de cela ! — le goût pour la Chine venait d'être soudain réveillé par l'expédition du général Cousin de Montauban. Ni sous l'Empire, ni sous la Restauration, encore moins sous Louis-Philippe on ne s'était grandement intéressé à l'Extrême-Orient : il semble qu'on lui tenait rigueur du goût qu'avait marqué pour lui l'art de la Régence, celui de Mme de Pompadour et Marie-Antoinette : les objets de la Chine et du Japon pâtissaient du discrédit où étaient tombées les commodes en

laque montées par nos grands bronziers, les porcelaines du xviiie siècle
et toute cette délicieuse chinoiserie des Watteau et des Boucher. Ils
étaient englobés dans le dédain qu'inspiraient « les mièvreries d'un
style de décadence » à une génération qui ne savait plus en comprendre
la grâce et le charme, et nul, en France du moins, n'y pensait plus. Tout
à coup arrivèrent à Paris les dépouilles du Palais d'Eté et d'innombrables œuvres d'art que rapportait l'expédition de Chine. Ce fut une
singulière surprise et il fallut bien reconnaître, à voir les pièces extra-
ordinaires offertes à l'impératrice et exposées au palais de Fontainebleau,
qu'il n'y avait pas en Chine que des amusettes pour mandarins fatigués.
Du mépris on passa à l'engouement : les collectionneurs ouvraient les
yeux, et M. Dollfus ne fut pas le dernier à prendre rang parmi les
amateurs de l'art chinois enfin redécouvert.

Ce qui avait séduit le public dans ces objets rapportés du Palais
d'Eté, c'est leur caractère décoratif et leur merveilleux éclat. M. Dollfus
rechercha, lui aussi, les pièces de grande allure où les vives couleurs
chatoient sur l'ampleur des formes. Beaucoup d'occasions s'offraient
chez les marchands, car les Chinois avaient vite compris le parti qu'ils
pourraient tirer du goût nouveau de leurs vainqueurs, et aux richesses
rapportées par les corps expéditionnaires tant anglais que français
s'ajoutaient celles qu'une importation subitement accrue déversait sur
le marché. Bientôt aux tableaux accrochés sur les murs de la galerie de
M. Dollfus s'ajoutèrent les émaux cloisonnés, les porcelaines et les
statuettes, et tous ceux qui ont eu le plaisir d'y passer se souviennent
de l'harmonieux décor que faisaient aux Primitifs et aux Flamands de
choix les innombrables chinoiseries répandues sur les tables, les coffres
et les bahuts. Tous ces morceaux d'époques et d'idéal si divers voisi-
naient entre eux sans peine, avec joie pourrait-on dire, en tout cas,
pour la joie des yeux du visiteur. C'était un plaisir très savoureux que
de rencontrer, à côté de la claire *Présentation de la Vierge* du maître
colonais, des bouddhas un peu grimaçants parfois, mais de tons si cha-
toyants : sous un Frans Hals et tout auprès d'une *Andromède* de van
Dyck, un grand brûle-parfums où un aigle doré aux ailes étendues
semble réunir deux tubes du plus magnifique émail cloisonné. Et par-
tout les broderies, les soies jetées sur les meubles ou sous les bibelots
mêlaient leur éclat à celui des flambés. La première impression du
visiteur entrant dans cette galerie était d'une incroyable somptuosité et
ceux qui ont eu la joie d'y passer de longues heures dans la compagnie

du maître de la maison et de sa famille ne s'en sont point lassés, tant l'œil était séduit, tant les couleurs se fondaient doucement.

Le Japon vint bientôt dans la merveilleuse galerie tenir compagnie à la Chine. De longs siècles durant il avait été fermé aux Européens : des règlements jaloux leur interdisaient le séjour de ces villes dont seuls quelques privilégiés leur avaient vanté les trésors et l'on n'en connaissait la splendeur que par les rares objets dont la défiance des souverains avait permis l'exportation, quand presque subitement, en suite d'une révolution, un monde inconnu s'ouvrit et révéla sa civilisation à l'Occident étonné. On a souvent dit que, durant les quelques années de troubles où s'agita le Japon, ses plus beaux chefs-d'œuvre avaient été vendus à vil prix et que les collections naissantes d'Europe et d'Amérique s'étaient enrichies à ses dépens des ouvrages de ses plus illustres artistes ; les temples auraient été vidés et les collections princières mises à sac. C'est aller sans doute bien loin : les marchands étrangers qui s'étaient rués sur le pays à la nouvelle de la révolution libératrice n'étaient certes pas en état de distinguer les chefs-d'œuvre consacrés par les siècles des ouvrages d'un goût plus fastueux que le XVIIIe avait exécutés en si grand nombre et, dédaignant l'art noble et sérieux des hautes époques, ils avaient fait main basse sur les morceaux dont l'Europe était mieux préparée à comprendre le charme. Ce Japon que la France connut d'abord fut celui des Goncourt et de la première génération d'amateurs : ce fut celui qu'aima et rechercha M. Jean Dollfus.

Pendant les vingt ans que dura cet heureux moment des arrivages en masse et, si l'on peut dire, des pêches miraculeuses dans des cargaisons presque en même temps enlevées que déballées, il n'est pas de semaine où M. Dollfus ne rapporta chez lui quelque objet qui l'avait séduit. On ne connaissait rien alors de l'histoire de l'art japonais : les amateurs allaient à tâtons, guidés par leur seul instinct, et la victoire était à celui dont l'œil le conseillait le plus sûrement. Il faut croire que celui de M. Dollfus était singulièrement exercé, car bien vite sa collection japonaise égala en importance ses séries chinoises et ce furent dans la galerie des laques, des netzukés, des inros qui voisinèrent avec les cloisonnés et les porcelaines. Les laques d'or sont peut-être ce que l'industrie humaine a imaginé de plus flatteur et de plus précieux : ils ne manquèrent pas de prendre place dans les vitrines et il n'était pas besoin de les examiner longuement, de scruter la perfection du travail ou la beauté du style ; on était séduit dès l'abord par le chatoiement et l'éclat de l'ensemble et c'était, sous les glaces qui les protégeaient contre les attouchements indiscrets, un concert où se réunissaient toutes les sonorités des ors jaune, vert, fauve, sur les écritoires et les boîtes à médecine aux prestigieux décors. Et eux aussi, ces délicats chefs-d'œuvre, comme ils s'accordaient avec les peintures qui les entouraient! Tout auprès des vitrines de laques s'étaient intercalés certains tableaux italien des xiv° et xv° siècles, un Giotto ou un Crivelli sur fond d'or ; la rencontre était-elle fortuite ou l'œil sensible du maître les avait-il assemblés à dessin ? On ne sait, mais l'accord était singulièrement heureux de ces splendeurs qui auraient pu paraître si lointaines et il prouvait une fois de plus qu'il n'est pas de disparate dans la maison d'un homme de goût.

Quand une nouvelle génération de japonisants, instruite par les expériences de la précédente, en fut venue à s'intéresser moins au caractère décoratif des objets qu'au raffinement de leur style et à leur rareté, M. Dollfus ne la suivit guère. Il avait été parmi les précurseurs et ne crut pas devoir changer ses raisons d'aimer le Japon. On le vit rarement chez Bing et chez Hayashi, ces prophètes de la foi nouvelle. S'il acheta au début quelques fort bonnes estampes, il ne fut pas atteint de cette fièvre qui, pendant dix ans, concentra presque tout l'effort des amateurs parisiens sur la gravure en couleur et il renonça à participer aux enchères des dernières ventes. Quand on lui parlait vente Hayashi ou vente Gillot, il répondait vente Soltykoff ou vente Marquis, et sans doute eut-il raison de ne forcer ni sa curiosité ni son admiration. Les séries qu'il avait pu réunir lui suffisaient ; il s'était laissé charmer par un trait de l'art de l'Extrême-Orient, et nul amateur n'osera soutenir que ce trait ne soit pas essentiel et qu'il ait eu tort d'en rechercher presque exclusivement les œuvres de caractère décoratif. Assurément, à les voir réunies dans les mornes salles de l'hôtel Drouot, elles perdront quelque chose de la grâce spéciale que leur donnait l'atmosphère de l'inoubliable galerie de la rue Pierre-Charron ; mais l'hôtel Drouot n'est qu'un lieu de passage, les objets d'art n'y restent que quelques heures et se dispersent bientôt. Quand ceux-ci se retrouveront dans les salons qui les attendent, ils reprendront leur éclat, et ce sera une joie pour ceux qui les ont connus entre les mains de M. Dollfus de les revoir chez des collectionneurs amis qui les entoureront des mêmes soins et de la même délicate amitié dont quarante années durant leur dernier maître les avait enveloppés.

RAYMOND KŒCHLIN.

OBJETS D'ART

Chinois et Japonais

PORCELAINES DE CHINE
GRÈS, TERRES VERNISSÉES

1 — TABOURET en terre vernissée chinoise, émaillée vert.

Collection Beurdeley.

2 — DEUX PETITS VASES à quatre faces, décorés de personnages en relief, en ancienne terre vernissée de la Chine.

3 — STATUETTE de personnage debout, tenant un fruit, en ancienne terre vernissée de la Chine, émaillée rouge.

4 — STATUETTE de personnage accroupi tenant une aiguière, ancienne terre vernissée de la Chine.

5 — TROIS ANIMAUX CHIMÉRIQUES assis, en grès brun de la Chine.

6 — PORTE-FLEURS en forme d'oiseau, en grès vert de la Chine.

7 — OISEAU de proie sur un rocher, en grès émaillé vert de la Chine.

8 — PLATEAU, de forme ovale, en grès chinois flambé.

Vente du Vicomte de Borelli 23 mai 1884, n° 63.

9 — Faucon aux ailes déployées, perché sur un rocher, en ancien grès de la Chine, flambé rouge et violet.

Collection de Mme de Balzac.
Vente de Mme Jacoby (6 mars 1882), n° 16.

10 — Trois petits vases variés, en ancien céladon bleu turquoise de la Chine.

11 — Quatre petits animaux variés, en ancien céladon bleu turquoise de la Chine.

12 — Figurine de poussah, en ancien céladon bleu turquoise de la Chine.

13 — Petit pitong ajouré, composé de branchages, en ancien céladon bleu turquoise de la Chine.

14 — Pitong cylindrique décoré de personnages en relief, en ancien céladon bleu turquoise de la Chine.

Vente du Vicomte de Borelli (23 mai 1884), n° 76.

15 — Statuette de poussah debout, à demi-vêtu, en ancienne porcelaine de Chine.

16 — Statuette de personnage à demi-nu, assis, tenant une petite coupe ; à ses pieds, une chaussure ; ancienne porcelaine de Chine.

17 — Statuette de mendiant debout, vêtu de noir et de rouge ; ancienne porcelaine de Chine.

18 — Statuette du dieu de longévité, debout, en ancienne porcelaine blanche de Chine.

19 — Deux éléphants porte-fleurs en ancienne porcelaine de Chine émaillée jaune avec carapaçons à fleurs.

Vente Marquis.

20 — Petit chien de Fô en portant un autre sur le dos, en ancienne porcelaine de Chine émaillée vert.

21 — Statuette de personnage barbu, vêtu de gris et de bleu ; ancienne porcelaine de Chine.

Vente Hendlaye (22 avril 1884), n° 4.

22 — PETITE BOITE en forme de chien de Fô appuyé sur une sphère et émaillé vert ; ancienne porcelaine de Chine.

Vente du vicomte de Borelli
(23 mai 1884), n° 61.

23 — PETIT VASE à eau en forme de fruit, en ancienne porcelaine de Chine émaillée vert.

24 — CHIEN DE Fô assis, en ancienne porcelaine de Chine, émaillée jaune et vert.

Vente Hendlaye
(22 avril 1884), n°° 22.

25 — DEUX PETITS CHIENS DE Fô variés, debout, en ancienne porcelaine de Chine.

26 — DEUX MULES debout, en ancienne porcelaine de Chine émaillée vert, jaune et violet.

27 — CACHET surmonté d'un chien de Fô : ancienne porcelaine de Chine.

28 — DEUX CHIENS DE Fô couchés, émaillés jaune : ancienne porcelaine de Chine.

N° 9.

Vente du vicomte de Borelli (23 mai 1884, n° 22.

29 — DEUX FIGURINES de personnages barbus, debout, tenant chacun un sceptre ; ancienne porcelaine de Chine.

30 — Deux chiens de Fô : l'un, la patte appuyée sur la sphère : l'autre, sur
un petit chien de Fô, en ancienne porcelaine de Chine, émaillée vert, jaune
et violet.

31 — Deux statuettes de Kouan-in en ancienne porcelaine de Chine émaillée
sur biscuit en vert, jaune et violet.

32 — Petit vase à eau de forme campanulée, en ancienne porcelaine de
Chine émaillée vert, jaune et violet.

33 — Petite coupe surmontée de deux kiosques et d'un rocher : ancienne
porcelaine de Chine émaillée sur biscuit, en vert, jaune et violet.

34 — Trois petites coupes en ancienne porcelaine de Chine, surmontées d'un
rocher et de deux kiosques et émaillées vert, jaune et violet sur biscuit.

35 — Deux petits vases-rouleaux variés, en ancienne porcelaine de Chine,
l'un à personnages, l'autre à surface bariolée.

36 — Deux chiens de Fô minuscules, en ancienne porcelaine de Chine
émaillée jaune et vert.

37 — Deux petits chiens de Fô couchés : ancienne porcelaine de Chine émaillée vert, jaune et violet.

38 — Chien assis, en ancienne porcelaine de Chine émaillée vert, jaune et
violet.

39 — Porte-fleurs en forme de chien de Fô, accompagné de son petit,
émaillé vert, jaune et violet : ancienne porcelaine de Chine.

40 — Porte-fleurs en forme d'oiseau : ancienne porcelaine de Chine, émaillée
vert, jaune et violet.

Vente O. du Sartel (3 avril 1882), nº 181.

41 — Deux canards variés, en ancienne porcelaine de Chine, à plumage mul-
ticolore.

42 — Petite bouteille à décor de feuilles, émaillée vert, jaune et violet ;
ancienne porcelaine de Chine.

43 — BOUILLOIRE surmontée d'une théière, avec couvercle : ancienne porcelaine de Chine, décor doré sur fond bleu.

Vente du 30 janvier 1882, n° 87.

44 — PORTE-FLEURS sur un animal chimérique, en ancienne porcelaine flambée de la Chine.

45 — PETITE FEUILLE D'EAU en ancienne porcelaine de Chine, émaillée vert.

46 — VASE quadrilatéral, décoré de branchages et d'oiseaux sur fond bleu : ancienne porcelaine de Chine.

47 — PITONG cylindrique, décoré de personnages émaillés vert : ancienne porcelaine de Chine.

48 — PETIT VASE à eau en forme de fruit, émaillé jaune : ancienne porcelaine de Chine.

49 — FIGURINE de personnage sur un coussin, en ancienne porcelaine de Chine.

50 — VASE en ancien céladon gris craquelé de la Chine, à décor de fleurs gaufrées sous couverte.

51 — VASE en ancienne porcelaine de Chine, émaillée rouge uni.

52 — VASE quadrilatéral, à deux anses dragons, en ancien céladon gris de la Chine, à décor de fleurs gaufrées sous couverte.

53 — PORTE-PINCEAUX en ancienne porcelaine de Chine, décoré de deux singes.

54 — PETITE THÉIÈRE en forme de nelumbo émaillée jaune et vert : ancienne porcelaine de Chine.

Vente Hendlaye 23 avril 1884, n° 198.

55 — QUATORZE FLACONS-TABATIÈRES variés : ancienne porcelaine de Chine.

56 — CACHET surmonté d'une figurine, en ancienne porcelaine de Chine.

57 — GROSSE BOUTEILLE en ancienne porcelaine flambée de la Chine.

Vente Tien-Pao (11 décembre 1889), n° 77.

58 — DEUX GRANDS CORNETS en ancienne porcelaine de Chine, décorés en bleu d'ustensiles et de fleurs dans des compartiments.

59 — STATUETTE de personnage barbu, debout, portant un long manteau émaillé bleu : ancienne porcelaine de Chine.

Vente Hendlaye (22 avril 1884), n° 3.

60 — DEUX PETITS GROUPES en ancienne porcelaine de Chine : les Ho-Ho, montés sur des rochers.

61 — PETIT GROUPE, les deux Ho-Ho, en ancienne porcelaine de Chine émaillée sur biscuit.

Vente Hendlaye (22 avril 1884), n° 11.

62 — STATUETTE de personnage debout, vêtu de vert ; ancienne porcelaine de Chine.

63 — FIGURINE de personnage assis sur un animal chimérique couché ; ancienne porcelaine de Chine.

64 — FIGURINE du dieu de longévité, accompagné du cerf, émaillé bleu craquelé et jaune. Ancienne porcelaine de Chine.

65 — STATUETTE de personnage monté sur un buffle ; ancienne porcelaine de Chine.

66 — CHAT couché, émaillé gris et noir, en ancienne porcelaine de Chine.

Vente du Sartel (3 avril 1882), n° 156.

Reproduit dans la *Porcelaine de Chine*, par O. du Sartel, n° 76.

67 — CANARD décoré au naturel en ancienne porcelaine de Chine.

Vente Fournier (4 mars 1885), n° 356.

68 — CRAPAUD flambé gris et violet, en ancienne porcelaine de Chine.

69 — THÉIÈRE formée d'une poule couchée, accompagnée de ses poussins : ancienne porcelaine de Chine émaillée sur biscuit.

70 — PETIT VASE à eau en forme de rat couché, orné de fruits et d'une feuille en relief ; ancienne porcelaine de Chine.

71 — Perruche en ancienne porcelaine de Chine, émaillée sur biscuit et perchée sur un rocher.

72 — Deux perruches en ancienne porcelaine de Chine, émaillées sur biscuit et perchées sur des rochers.

73 — Dix petites perruches variées de dimensions, en ancienne porcelaine de Chine.

74 — Oiseau émaillé vert et perché sur un rocher. Ancienne porcelaine de Chine.

75 — Deux cigognes émaillées blanc et perchées sur des troncs d'arbres émaillés jaune et rouge. Ancienne porcelaine de Chine.

76 — Canard en ancienne porcelaine de Chine, émaillé au naturel et placé sur une grosse feuille.

77 — Perruche en ancienne porcelaine de Chine, émaillée sur biscuit et perchée sur un tronc d'arbre.

78 — Perruche en ancienne porcelaine de Chine, émaillée bleu, vert, jaune et rouge et perchée sur un tronc d'arbre.

79 — Perruche en ancienne porcelaine de Chine, émaillée rouge et perchée sur un tronc d'arbre.

80 — Statuette de personnage grotesque, accroupi sur un socle rectangulaire et portant sur la tête un petit plateau contenant un porte-lumière. Ancienne porcelaine de Chine.

Vente Fournier, 3 mars 1885, n° 232.

81 — Deux petits chiens assis, en ancienne porcelaine de Chine, émaillée sur biscuit.

82 — Deux coupes libatoires décorées de salamandres, en ancienne porcelaine de Chine.

83 — Petit vase surbaissé, à quatre faces ajourées, orné d'une salamandre en ronde bosse. Ancienne porcelaine de Chine.

84   FIGURINE de femme près d'un rocher : ancienne porcelaine de Chine, émaillée vert et jaune clair.

N° 100.

85 — FIGURINE de personnage debout sur un socle carré : ancienne porcelaine de Chine émaillée vert.

86 — PETIT VASE à eau à quatre faces, orné d'une salamandre : ancienne porcelaine de Chine.

87 — CHIEN de Fô assis sur un socle rectangulaire, en ancien blanc de Chine.

Collection du Sartel.

88 — STATUETTE de Kouan-in debout, en ancien blanc de Chine.

89 — DEUX PETITS VASES, décor bleu : personnages et fleurs : ancienne porcelaine de Chine.

90 — DEUX PETITS VASES - APPLIQUES en ancienne porcelaine de Chine, décor bleu : scènes familiales.

91 — OISEAU sur un rocher en ancienne porcelaine de Chine émaillée au naturel.

Vente Fournier
(6 mars 1885), n° 357.

92 — DEUX PETITS FLACONS-TABATIÈRES ajourés, décorés de chiens de Fô ; ancienne porcelaine blanche de la Chine.

Vente Amiral Couprent-des-Bois (14 avril 1892), n°ˢ 159-160.

93 — Vase à panse turbinée, décoré de branches fleuries avec lambrequins à fond jaune à la base: ancienne porcelaine de Chine.

Collection Marquis.

94 — Grosse potiche avec couvercle en ancienne porcelaine de Chine, décor bleu, paysages.

95 — Chien assis, en ancienne porcelaine blanche de la Chine.

96 — Plat creux en ancienne porcelaine de Chine, décor bleu, corbeilles de fleurs avec compartiments de branches fleuries à la chute.

97 — Plat creux en ancienne porcelaine de Chine, décor bleu, branches fleuries et réserves.

98 — Grand plat en ancienne porcelaine de Chine, décoré de branches fleuries en bleu avec compartiments à la chute.

99 — Deux chats couchés, en céladon bleu turquoise de la Chine, bases en bronze doré.

100 — Vase décoré de personnages en couleurs sur fond bleu fouetté rehaussé de dorure: ancienne porcelaine de Chine.

Vente du vicomte de Borelli 23 mai 1884, nᵒ 146.

101 — Vase décoré de poissons en rouge sur fond bleu fouetté chargé de dorure: ancienne porcelaine de Chine.

Vente du baron de Beurnonville 5 juin 1884, nᵒ 68.

N° 101.

102 — Figurine de personnage assis, coiffé d'un grand chapeau ; ancienne porcelaine de Chine émaillée sur biscuit.

103 — Figurine de personnage accroupi en ancienne porcelaine de Chine, émaillée sur biscuit.

104 — Deux figurines d'enfants accroupis, en ancienne porcelaine de Chine.

105 — Figurine de personnage monté sur un cheval émaillé jaune : ancienne porcelaine de Chine.

106 — Petit vase à eau en forme de fruit en ancienne porcelaine de Chine.

107 — Petit vase à eau formé d'une figurine de personnage étendu près d'un vase : ancienne porcelaine de Chine.

108 — Petit groupe en ancienne porcelaine de Chine émaillée sur biscuit, représentant les Ho-Ho.

Vente Hendlaye (22 avril 1884), n° 12.

109 — Deux figurines de mandarins assis sur des socles hexagones, en ancienne porcelaine de Chine émaillée sur biscuit.

110 — Deux petits chiens assis, en ancienne porcelaine de Chine émaillée vert, jaune et marron.

Vente du Sartel (3 avril 1882, n° 166.

111 — Deux chats couchés, émaillés noir, en ancienne porcelaine de Chine, socles en bronze.

Vente Radou (21 mai 1895, n° 70.

112 — Bouteille décorée de branches fleuries et animaux en bleu ; ancienne porcelaine de Chine.

113 — Cruche décorée de personnages et rochers en bleu : ancienne porcelaine de Chine.

114 — Deux aiguières décorées d'arbustes et d'oiseaux, en ancienne porcelaine de Chine.

115 — DEUX PETITES POTICHES à pans, décor de paysages en bleu : ancienne porcelaine de Chine.

116 — JARDINIÈRE ronde, en ancien céladon bleu turquoise de la Chine.

Vente du vicomte de Borelli 23 mai 1884 , n° 71.

N° 121.

117 — BOUTEILLE décorée d'un paysage animé, en bleu : ancienne porcelaine de Chine.

118 — JARDINIÈRE surbaissée, décorée de fleurs en relief sur fond violet : ancienne porcelaine de Chine.

119 — CAFETIÈRE décorée de fleurs en bleu : ancienne porcelaine de Chine, monture en argent.

120 — Bol, fleurs en bleu : ancienne porcelaine de Chine.

121 — Vase de forme surbaissée, en ancienne porcelaine de Chine, émaillée sur biscuit ; il est orné de deux cavaliers et de fleurs sur fond ajouré : émaux gros bleu, bleu turquoise, violets : ancienne porcelaine de Chine, époque des Ming.

Haut., 30 cent.

122 — Tonnelet en ancienne porcelaine de Chine émaillée sur biscuit, décoré d'oiseaux fantastiques sur fond ajouré : anses mascarons ; émaux gros bleu, bleu turquoise, violets : ancienne porcelaine de Chine, époque des Ming.

Haut., 36 cent.

123 — Trois statuettes de mandarins assis, en ancienne porcelaine de Chine, époque Kien-lung, avec socle décoré de paysages, de même époque.

124 — Bouteille décorée de chiens de Fô sur fond jaune : ancienne porcelaine de Chine, époque Kien-lung.

Vente Marquis (12 février 1890), n° 455.

125 — Bouteille décorée de fleurs sur fond bleu : ancienne porcelaine de Chine, époque Kien-lung.

126 — Vase à deux petites anses, décoré de dragons en vert sur fond jaune : ancienne porcelaine de Chine, époque Kien-lung.

127 — Petit chien de Fô, la patte appuyée sur la sphère, émaillé bleu et vert : ancienne porcelaine de Chine, époque Kien-lung.

128 — Deux statuettes de personnages, assis sur un socle rectangulaire et tenant sur la tête un petit plateau porte-lumière : ancienne porcelaine de Chine, époque Kien-lung.

129 — Statuette de personnage en ancienne porcelaine de Chine, époque Kien-lung, ayant à ses pieds un animal chimérique.

130 — Statuette en ancienne porcelaine de Chine, époque Kien-lung, de personnage barbu à vêtements bariolés.

131 — Statuette équestre de personnage, vêtu d'une tunique bleu clair;
ancienne porcelaine de Chine, époque Kien-lung.

132 — Figurine de personnage accroupi, tenant une coupe : ancienne porcelaine de Chine, époque Kien-lung.

Nº 132.

133 — Figurine en ancienne porcelaine de Chine, époque Kien-lung : personnage montant sur le crapaud à trois pattes.

134 — Grand oiseau décoré au naturel et perché sur un rocher : ancienne
porcelaine de Chine, époque Kien-lung.

135 — Bouteille décorée d'oiseaux et de fleurs, en ancienne porcelaine de Chine, époque Kien-lung.

Collection Marquis.

136 — Pitong cylindrique, en ancienne porcelaine de Chine, époque Kien-lung, décor de personnages.

Vente du vicomte de Borelli (mai 1884), n° 161.

137 — Dragon accroupi, porcelaine de Chine.

138 — Petit vase à eau, formé d'un tronc d'arbre sur lequel sont perchés deux singes: porcelaine de Chine.

139 — Crapaud en porcelaine de Chine, émaillée vert.

140 — Cigogne perchée sur un tronc d'arbre et portant une gourde attachée à son cou ; porcelaine de Chine.

141 — Petit vase en forme de lapin, assis dans une coupe ; céladon gris craquelé et flambé de la Chine.

Vente de Geffroy (28 décembre 1888), n° 142.

142 — Chien couché, en porcelaine de Chine flambée gris et violet.

143 — Kilin assis, en porcelaine blanche de la Chine.

Collection de Mme de Balzac.
Vente de Mme Jacoby (6 mars 1882), n° 35.

144 — Animal chimérique couché, en porcelaine de Chine, émaillée jaune, vert, bleu et rose.

145 — Chien de Fô assis, en porcelaine flambée de la Chine.

146 — Statuette du dieu de longévité, debout, en porcelaine de Chine, émaillée violet et décorée de fleurs.

147 — Statuette de Kouan-in assise sur un éléphant couché : porcelaine de Chine.